A Letter to Myself

나에게 쓰는 편지

나에게 쓰는 편지

성경순 수필집

Story Archive

차례

1부 나의 첫사랑

친구 오택영에게 … 08

첫사랑 … 11

어느 여고생의 첫사랑 … 13

나의 첫사랑 … 25

해바라기 소녀 … 29

기탄잘리 … 30

남친 문에게 … 31

생각하는 갈대 … 32

러브레터 … 35

2부 0시의 러브레터

0시의 편지 '미에게' … 38

행복 편지 … 39

0시의 러브레터 … 41

문에게 보내는 편지 지금도 괜찮아 … 44

답변 문의 아침 편지 그치지 않는 눈은 없고 … 47

처음이라는 밤 'SEX' … 49

오후에 러브레터 … 51

미래 설계 선언문 7 … 53

행복해지는 방법 가르쳐 드립니다 … 55

나에게 쓰는 편지 회복, 노력 님에게 … 58

3부 쏘주 다섯 병 마신 날

남의 편 문의 명상록 그래도 괜찮아 … 64

쏘주(소주) 다섯 병 마신 날 … 66

미 연서 1 작가상을 받고 … 70

미 연서 2 모교의 향기 … 72

우리 인생의 마지막 그림 … 73

꽃 모두가 합창하는 시 … 79

내가 사랑하는 허난설헌 … 80

4부 스트레스 해소법 7

건배사 … 82

강의 소감문 1 … 83

강의 소감문 2 … 84

하루 커피 2, 3잔은 약 … 85

봄비 내리는 날 '웃으세요.' … 88

꼭꼭 씹어 먹으면 암도 이길 수 있다 … 90

바람둥이 모든 것 … 94

암, 병원장이 보내는 편지 … 96

스트레스 해결책 7 … 98

5부 하버드대 수강률 1위

뇌건강 10계명 … 102

꿀로 병을 고치는 방법 … 104

심근경색의 모든 것 … 105

감기 없는 겨울철 건강법 … 110

건강한 장수 7가지 비결 … 114

걷기운동, 신이 내린 선물 … 121

하버드대 수강률 1위 … 122

싱글로 행복하게 사는 법 … 124

6부 사랑은 조용히 오는 것

나에게 쓰는 편지 그렇게 빨리 떠날 수는 없었다 … 128

나에게 쓰는 편지 편지는 무엇인가 … 130

나에게 쓰는 편지 정신적인 사랑 … 133

나에게 쓰는 편지 사랑은 조용히 오는 것 … 134

7부 우리 둘이 헤어지던 그때

나에게 쓰는 편지 0시의 밤 편지 … 136

나에게 쓰는 편지 오후, 긴 편지 … 138

나에게 쓰는 편지 나 먼저 하늘로 가면 … 139

나에게 쓰는 편지 지금은 저 멀리 있다 … 140

나에게 쓰는 편지 우리 둘이 헤어지던 그때 … 141

A Letter to Myself
1부 나의 첫사랑

친구 오택영에게 / 첫사랑 / 어느 여고생의 첫사랑 /

나의 첫사랑 / 해바라기 소녀 / 기탄잘리 / 남친 문에게

/ 생각하는 갈대 / 러브레터

친구 오택영에게

 친구는 어려움을 알면서도 '괜찮아'란 위로를 주고, 마치 목마를 때 한 잔의 물처럼 소중한 것이다.

친구 택영아! 고맙다. 차분하고 이쁜 네가 그렇게 성질 급하게 갈 줄은 꿈에도 몰랐다. 누구나 한 번 가는 길이지만 네 죽음은 너무 이르기에 더 안타깝다. 어느 봄날, 볼 것이 많다는 봄날에 난 남친과 크게 싸웠어. 솔직히 조건이 좋은 남자가 내 앞에 나타나서 가난한 대학생과 헤어지려 했다. 그때 서울시청 앞에서 너를 만났지. 이 넓은 서울에서 졸업 후 처음으로 만날 줄은 정말 몰랐다.

"야 오랜만이야."

"택영아, 반갑다."

둘이 서로 껴안는 사이에 멋쩍게 남친이 서 있었다. 남친을 무시하고 분위기가 몹시 나쁜 것을 눈치챈 택영이 말했다. 나를 툭 치며

"야 인상이 아주 좋으신데 좀 잘해드려."

남친을 보면서 네가 말했다.

"안녕하세요. 처음 뵙겠습니다. 친구예요."

"네, 안녕하세요. 분위기가 나빠 미안합니다."

"아닙니다. 부러운데요."

 부럽다는 네 말에 난 좀 자존심이 살아나 가난한 남친과 차마 절교를 못 하고 잠시 혼란스러운 삼각관계를 유지했단다.(후에 들은 말이지만 남친도 그날 절교를 각오하고 나왔다고 함) 잘 생기고 능력이 있지만 기질이 있는 새 남친과 조건이 나쁜 남친 사이에서 고민했는데 결국 너 택영의 말 한마디에 난 대학생 남친을 택했다. 너 아니면 멋지지만, 끼가 있는 남자와 갈등 속에 평생을 살뻔했지. 대학생 남친은 재건 데이트지만 참 내게 헌신적이었다. 나만 바라보는 낭만 청년이었지. 네 덕분에 진실하고 재주와 정이 넘치는 남친과 결혼하여 해로를 하고 있지. 남친은 내 내조 속에서 여러 가지 어려움을 이기고 마침내 교수와 시인이되었지. (성SEX도 나하고 첨이래)

"택영아, 고마워! 너 아니면 소이면 촌에서 자란 내가 어찌 서울 강남에서 이렇게 누리며 행복하게 살겠니. 넌 내 은인이다. 너한테 고맙다는 말도, 밥 한번 못 사고 여기까지 왔으니 미안하다. 언젠간 나도 갈 길, 거기서 만나자. 편히 쉬고 있어 안녕 친구 택영!"

친구는 또 다른 '위안'이란 뜻인데 택영아, 고맙다!

-친구 경순

첫사랑

아, 누가 그 아름다운 나날을 가져다주랴.
첫사랑의 그 날을
아, 누가 그 아름다운 시간을 되돌려 주랴.
좋았던 그 시절

홀로 이 상처를 키우고
늘 새로이 한탄하며
잃어버린 행복을 슬퍼하네.
아, 누가 그 아름다운 나날을 되돌려 주랴.

좋았던 그 시절

-요한 볼프강 괴테

사랑은 가질 수는 없지만
지켜줄 수는 있다.

어느 여고생의 첫사랑

 나뭇잎이 뚝뚝 떨어지는 가을날, 짝사랑도 첫사랑이라 말할 수 있다면, 내 첫사랑은 고등학교 때 국어 선생님이다.

'에이, 누구나 학창 시절 선생님 한 번쯤 안 좋아해 본 사람이 어딨어?'라고 생각할지도 모르겠으나, 내겐 지금까지도 가슴 깊은 곳에 때론 아픔으로, 때론 아름답고 애잔한 그리움의 기억으로 아로새겨진 무엇과도 바꿀 수 없는 소중하고 특별한 추억이다.

풋풋하고 순수했던 그 시절, 누군가를 보거나 떠올릴 때 얼굴이 화끈거리고 심장이 내 몸과는 별개의 생명체인 양 요동치며 두근거리는 느낌을 그때 처음 알았다. 먼발치에서 바라보기만 해도 가슴은 쿵쾅쿵쾅 방망이질 해대고, 안절부절 어쩔 줄 모르는 신기하고 오묘한 감정을 처음으로 느꼈다.

여고 시절 국어 선생님은 나와 16살 차이가 나니까, 그 당시 30대 초반이셨다. 선생님을 언제부터 어떻게 좋아하게 되었는지는 잘 모르겠지만, 여고 시절 내내 머릿속은 온통 선생님 생각으로 꽉 차 있었고 밤잠 못 이룰 정도로 지독한 열병을 앓았다.

그런데 선생님께서도 무슨 이유에서인지 수업 시간이면, 유독 나만 바라보며 수업을 하시고 질문도 나에게만 많이 하셔서 반 친구들의 따가운 눈총에 민망한 적이 한두 번이 아니었다.

그리고 교무실로 따로 불러서, 여러 가지 참고서를 많이 챙겨주시기도 하셨다. 선생님은 노래도 성악가처럼 매우 잘 부르셔서 굵고 매력적인 바리톤의 음성으로 가곡 '내 마음은 호수요' 나, '임이 오시는지' 등의 노래를 수업 시간에 종종 불러주시곤 하셨다.

선생님의 노랫소리는 내 여린 감성의 바다에 거센 물보라를 일으켰다.

묘한 감정을 느끼게 할 정도로 내 눈엔 단단히 콩깍지가 씌일 대로 씌어 버린 것이다.

수학여행을 다녀오는 동안 선생님께서 결혼하시고 신혼여행을 다녀오셨다는 말을 친구들로부터 전해 들었다. 순간 가슴이 철렁 내려앉는 것 같았다.

하늘이 내려앉을 듯한 그 절망감, 선생님의 결혼 소

식을 듣고도 선생님에 대한 나의 감정은 변하지 않고 계속되었다.

우리 반에 K라는 친구가 있었는데 그 친구는 몸집이 통통하고 외모는 별로였으나, 성격은 둥글둥글 착한 친구였던 것으로 기억한다. 그런데 그 친구도 국어 선생님을 좋아한다는 사실을 알았다.

하교 후 친구들이 모두 다 집으로 돌아가고 나는 당번이라 뒷정리하고 있었는데 K가 책상에 엎드려 펑펑 울고 있었다. 무슨 일인지 의아해서 이유를 물으니,

"나 솔직히 말할 게 있어. 나 국어 선생님 너무너무 좋아해. 내가 고백도 했는데 무시하고 결혼을 해버려서."

계속 울고 있는 K의 모습에 할 말을 잃고 말았다.

'가시나 내가 얼마나 선생님을 좋아하는데 지금 내 앞에서 그렇게 질질 짜고 그만 푸념을 늘어놓는 거냐? 내가 그토록 애태우며 좋아하는 선생님께 네가 뭔데 나도 못 한 고백을 먼저 해? 나쁜 X'

그 일이 있었던 후 은근히 K를 더 멀리했던 것 같기도 하다.

고2 가을 소풍 때였다.

학교에서 가까운 산으로 소풍을 다녀오는 길에 갑자기 여름처럼 장대비가 쏟아져 내려서 모두 흠뻑 젖어 비 맞은 생쥐 꼴이 되고 말았다.

그래서 선생님들께서도 소풍 장소에서 일정보다 빨리 철수하시고 우리는 다시 학교로 돌아오게 되었다.

아이들은 모두 집으로 돌아가고, 나도 하교할 준비를 하고 있는데, 이게 웬일인가.

교실 문밖에 나의 사랑하는 선생님이 서 계셨다. 떨리는 가슴으로 천천히 선생님께서 서 계신 복도로 나갔다.

선생님은 소풍날이라 동료 선생님들과 술을 드셨는지 거나하게 취하신 듯 몸에서 술 냄새가 물씬 풍겨왔다.

그런데 아무도 없는 복도에서 순간 갑자기 나를 와락 껴안으시는 것이 아닌가.

놀란 가슴은 두근두근 콩닥콩닥 어쩔 줄 모르고 있는데

"사랑한다."

이게 꿈인지, 생시인지 분간이 가지 않았다.

비에 젖어 생쥐 꼴이 되어 떨고 있는데 선생님의 넓고 따뜻한 가슴은 마치 강한 스파크에 맞은 듯한, 신

선한 충격으로 어린 마음을 송두리째 빼앗아 버렸다.

집으로 돌아가는 길은 비가 그치고 길바닥엔 물웅덩이들이 고여 있었는데, 그 물웅덩이들마저 아름다운 연못으로 보일 정도로 내 마음은 세상을 모두 가진 듯 가벼운 새털이 되어 하늘로 하늘로 끝없이 날아올랐다.

먼발치서 선생님의 발걸음 소리만 들려도, 그림자만 보여도 마음은 풍선처럼 부풀어 터져버릴 것만 같았고, 그렇게 아쉬운 그리움의 날들이 흐르고 영영 지나가지 않을 것만 같았던 학창 시절도 끝을 맺었다.

졸업 후에도 한동안 혼자만의 열병을 앓으며 밤이면 더욱더 선생님에 대한 그리움으로 밤잠을 설치곤 했다.

이룰 수 없는 사랑이기에 현실을 직시해야 했으나, 감정이란 칼로 무 자르듯, 쉽게 정리할 수 있는 성질의 것이 아니라서 애절한 그리움은 오랜 세월 나를 괴롭혔다.

선생님에 관한 생각은 늘 호흡하는 공기처럼 내 곁을 배회했지만, 대학을 졸업하고 직장생활을 하며 일상에 젖어 조금씩 선생님에 관한 생각도 뜸해질 무렵

막냇동생으로부터 선생님께서 뇌출혈로 쓰러지셔서 입원하셨다가 퇴원하셨다는 소식을 들었다. 나는 너무 놀라 정신이 하나도 없었다.

학교로 전화해 졸업생이라며 선생님의 집 전화번호를 알아내어 전화해보니 사모님께서 받으셨다. 당황해서 선생님 계시면 바꿔 달라고 더듬더듬 말을 했고, 그립던 선생님의 목소리가 전화기를 통해 내 귀로 흘러들었다.

선생님께선 전북 출신이시지만, 전혀 사투리를 쓰지 않으시고 표준어를 쓰시는데 여전히 굵은 목소리의 세련되고 부드러운 말씨로 반갑게 전화를 받아주셨다. 나는 선생님께 병원에 못 찾아봬서 죄송하다는 말씀을 전하고 식사라도 한 끼 대접하고 싶다고 하여 약속 시간과 장소를 정했다.

시내에서 선생님을 만나기로 했는데, 선생님 옆에는 놀랍게도 사모님이 서 계셨다.

나는 순간 당황했다. 선생님과 둘이서 식사하기로 했는데 사모님까지 동행해서 나오셨기 때문이다. 아마도 아직은 완전히 회복되지 않은 선생님이 혼자 다니시는 것이 불안해 따라오신 모양이었다.

사모님은 미인형은 전혀 아니지만, 수더분한 외모의 꾸밈없는 모습으로 선해 보이셨다.

어쩔 수 없이 씁쓸한 기분으로 셋이서 맵디매운 낙지볶음으로 어색한 식사를 하고 선생님과 많은 대화를 나누지도 못했다.

뇌출혈로 생사의 기로에서 한쪽 눈을 실명하고 구사일생으로 겨우 목숨을 부지하신지라, 삶에 허무함을 느끼고 의지할 곳을 찾아 교회에 나가게 되었다는 말씀을 들었다.

마음이 몹시 아팠으나 선생님께서 돌아가시지 않고, 이 하늘 아래 나와 함께 숨 쉬고 계신 것만으로도 불행 중 다행이라는 생각이 들었다.

선생님의 모습은 학교 다닐 때와는 사뭇 달라 보이셨다.

늘 자신만만하시고 당당하던 모습은 없고, 병을 앓은 후라서인지 사모님께 많이 의지하고 마음이 많이 약해지신 듯했다.

그렇게 당황스럽던 첫 만남이 있은 지 몇 달이 흘렀다.

선생님께 이번엔 단둘이서만 식사 대접을 하고 싶었다.

몸에 좋은 음식을 사드리고 싶어서 지역에서 유명한 가든으로 약속 장소를 잡았다.

두 번째 선생님을 만났을 때, 선생님께서는 평정을 되찾으신 것 같았고 처음보다 편안해 보이고 안색도 좋아 보이셨다.

학교에도 복귀해서 다시 아이들을 가르치신다는 말씀을 듣고 안도감이 들고 기뻤다.

한쪽 눈을 실명하시고도 교편을 다시 잡으셨다니 선생님의 정신력이 대단하다는 생각이 들었다. 나는 정성껏 선생님께 전골도 떠서 덜어 드리고, 이런저런 학창 시절의 에피소드를 나누고 즐거운 대화를 했던 것으로 기억한다. 그때 내가 넌지시 선생님께

"선생님, 학창 시절에 K가 선생님 많이 좋아했던 것 기억하시죠?"

"음, 그래 기억하지. K 그 녀석 졸업 후에도 집에까지 찾아와서 곤혹스럽기도 했다. 지금은 연락이 안 되지만 잘 살겠지."

"그런데, 선생님 K는 겉으로 드러내놓고 좋아했지만, 저는 말도 못 하고 선생님 마음속으로 얼마나 좋아했는지 아세요?"

"하하 근데 제자로서 선생님을 좋아하는 건 좋지만, 이성으로 좋아한다거나 그런 건 좀 그렇지 않니?"

순간 머리가 멍해지고 말았다. 선생님께 나는 이런 존재였구나. 완전히 혼자만의 착각, 그럼 그때 소풍날 내게 하셨던 말씀은 순전히 술에 취해서 그냥 해본 말씀이란 말인가.

어린 마음을 송두리째 흔들어 놓고, 오랜 세월 그리움에 시달리게 해놓고,

그렇게 또 두 번째 씁쓸한 만남을 뒤로 하고 선생님을 보내 드렸다.

그 후로 몇 해가 흘렀다. 오랜만에 찾은 모교는 많이 발전해 있었다.

밝은 햇살 아래 먼발치에서 걸어오시는 선생님

그 시절 그때처럼 선생님이 내게로 걸어오셨다.

내게로 걸어오시는 선생님을 바라보는 마음은 고교시절 먼발치서 선생님을 바라보기만 해도 설레고 두근거리던 파릇파릇 여린 새순 같은 마음은 분명히 아

니었다.

그러나 여전히 두근대는 가슴으로 선생님이 내게로 운동장을 가로질러 걸어오시는 모습을 보고 있었다.

선생님이 점점 가까워지신다. 한 걸음 한 걸음 나를 향해 걸어오신다.

선생님께서는 활짝 웃으시며, 양팔을 벌려 내 어깨에 올리시고 나를 반갑게 맞아주셨다.

두 번째 만났을 때보다, 훨씬 나이 들어 보이는 모습에 놀라지 않을 수 없었다. 머리엔 희끗희끗한 흰머리가 보이고 이마와 눈가엔 굵은 주름이 생기신 것이 완전히 초로의 신사였다.

날 위해 시원한 커피를 뽑아 들고 오셔서 환하게 웃으시며 건네주셨다.

그 시절 선생님은 30대 초반이었는데, 이제 초로의 신사가 되었다.

세월의 무상함을 느끼며, 5월의 눈 부신 햇살이 비추는 여고 시절의 추억 가득한 아름다운 교정에서 어느새 희끗희끗해진 선생님의 머리 위로 사뿐히 내려앉는 작고 하얀 꽃잎을 보았다. 나였다.

선생님께 내가 얼마나 선생님을 그리워했고 짝사랑의 열병을 앓았었는지 모두 말씀드리고 싶었지만 차마 말할 수 없었다. 이젠 지난 추억이니까.

가슴 시리게 아프기도 했지만, 내 생에 다시는 올 수 없는 그토록 순수한 설렘은 그냥 그렇게 아름다운 첫사랑의 추억으로 가슴 깊은 곳에 소중히 남겨두는 게 더 좋을 테니까....

*여고생의 첫사랑을 다시 각색한 것임

첫사랑은 마치 풀잎과 같다.
그러나 풀잎 위 이슬처럼 곧 사라진다.
-전혜린

나의 첫사랑

 여고 시절 그 찬란한 가을날의 오후, 여고 교실은 활기와 이쁜 목소리로 넘쳐났다. 난 가을 하늘을 쳐다보며 내가 살아온 소이면에서의 첫사랑이 하늘에 떴다.

촌의 작은 시골 교회에서 그를 만났다. 교회의 반주자가 없어 내가 오르간 반주를 하는데 유독 쳐다보는 소년이 보였다. 보통이고 순수했다. 같은 교인이니 서로 말을 트기에는 비교적 쉬웠다. 첫사랑은 이렇게 왔다.

철길을 걷고, 노래도 같이 부르고, 그리고 같은 제목의 기도를 했다. 손을 잡고 시골길을 걸으며 미래를 약속하였다.

'우리 전원에서 시골 살림 하며 행복하게 살자'고.

난 부모님의 뜻에 따라 서울 유학길에 올랐다. 역전에서 헤어질 때 울었다. 사실 아버지가 서울에서 사업을 하시니 유학도 아니다. 서울에서의 학교생활은 활기가 넘치고 서울은 사람도 차도 그리고 집도 많았다. 시골에 비할 바 없이 화려하기 그지없었다.

그런데 이상하였다. 난 촌에서 국민학교 시절 워낙 얼굴이 까맣기에 인기가 별로였다. 서울에 오니 확 달라졌다. 남자들의 주변에 많이 몰리는 것이었다. 따라오면 겁도 났다. 점차 시간이 흐르니 자연스럽게 대화가 되었다.

이게 웬일인가? 시골 소녀가 서울에 올라 온 지 1년 정도 흐르니 시골 첫사랑, 위문편지로 맺은 군인 소위, 시골에서 유학 온 대학생 오빠 등 삼각관계를 넘어 4각 관계 아닌가? 사실 난 말이 없고 순진했는데 그렇게 되니 공부도 잘 안되어, 우선 첫사랑부터 정리하기로 하였다. 서울에서 보니 실망이었다. 비교는 좋지 않지만 자연스러운 현상 아닌가?

'나 공부해서 대학가야 하니 여기서 끝냈으면 한다.'
'화가 난다. 그래 너 서울에서 남자 만나면 나도 여기서.'

첫사랑은 좀 유치하고, 그렇게 끝나가고 있었다. 첫사랑 그가 서울로 올라와 교회도 같이 갔으나 내 감정은 식어 있었다.

여고 절친은 첫사랑 그를 보고
'야 기대했는데 별로구나. 넌 이쁜데 왜?'

첫사랑은 이루어지지 않는다고 한다. 특별히 난 이 상하다. 지난 아름다운 추억일진 데, 그립지도 않다. 그냥 덤덤하다.
그래 '남자는 추억, 여자는 현실'이라 하지.

첫사랑이 잘 산다고 하면 배가 아프고,
첫사랑이 못 산다고 하면 가슴이 아프고,
첫사랑이 살자고 하면 골치가 아프다.

해바라기 소녀

- 17세 연시

아름다운 해바라기꽃이여
이 소녀의 벗이 되어주오.
나는 해바라기의 고운 아름다움으로
맑고 밝게 살려 하오.

무엇을 기다리며 사는 이 소녀를
그대의 아름다운 빛으로 밝혀주고
내가 홀로 잠이 들거든
좋은 꿈을 꿀 수 있도록
나의 자는 자태를 지켜주오.

-여고 시절에

기탄잘리

님이여,
나는 이 축제에 초대를 받았고
그래서 나 자신은 감동을 하였습니다.
나는 내 눈으로 보았고 내 귀로 들었습니다.

이 축제에서 내가 맡은 일은
악기를 연주하는 것이었고
나는 내 모든 것을 바쳐 연주를 했습니다.

님이여 이제 내 연주는 끝났고
마침내 나는 님의 얼굴을 보고 떠날
침묵의 인사를 드릴 때가 왔습니다.

-타골

남친 문에게

 우리가 만난 지 1년이 되어가네요.

그간 사랑과 배려에 감사를 드립니다.

이제 내 감정이 *문에게 가지 않아 끝내려 합니다. 미안하나 나를 놔줬으면 합니다. 나에 대한 사랑이나 기대를 접기를 진심으로 바랍니다.

난 후회하지 않습니다. 오래 참았고 관계라는 이름으로 긴장이 없어 상처로 남은 것 같아요. 그러니 나를 놔 주고 다른 길을 선택해 보세요. 난 알게 되었어요. 문이 늘 말하는 미래라는 걸 믿지 않아요. 현실에 우린 너무 가진 게 없어 현실을 택하니 그리 아세요.

"문 오빠 우리 끝났어. 보내줘. 오빠에게 관심도 사랑도 없어."

관계를 끝내는 것은 우리의 실패 같지만 난 설사 실패라 하더라도 가급적 답변도 말고 쿨하게 보내주기를. 그간 고마웠고. -미

*애칭 필자를 '미', 문학을 좋아하는 남친을 '문'이라고.
'여자의 마음은 갈대?'

생각하는 갈대

인간은 자연 속에서도 가장 가냘픈 한 줄기의 갈대에 지나지 않는다. 그러나 그것은 생각하는 갈대이다. 이것을 짓밟아 버리는 데 우주 전체는 아무런 무장도 필요 없다. 바람이 한 번 불기만 해도 이것을 죽일 수도 있고, 물 한 방울을 가지고도 죽이기에 충분하다.

그러나 우주가 이를 눌러 죽일 때는 인간을 죽이는 그것보다는 인간이 더욱 고귀할 것이다. 왜냐하면 인간은 자기가 죽는 것을 알고 있고, 우주가 인간 위에 우월하게 존재한다는 것을 알고 있기 때문이다.

그러나 인간은 우주에 대하여 아무것도 모르고 있다. 그래서 우리들의 온갖 존경은 사고하는 데 있다고 하겠다. 우리가 일어서지 않으면 안 되는 것은 거기서부터 시작하는 것이지, 결코 우리가 충족시킬 수 없는 시간이나 공간에서 비롯되는 것은 결코 아니다.

그러므로 우리는 늘 생각하는 갈대여야 한다. 거기에는 도덕의 근원이 깊이 뿌리박고 있다.

-파스칼

여자는 악마와 싸워도
이기는 비법을 알고 있다.
-프랑스

러브레터

내 그대를 생각함은
항상 그대가 앉아있는 배경에서
해가 지고 바람이 부는 일처럼
사소한 일일 것이나
언젠가 그대가 한없이 괴로움 속을
헤매일 때에 오랫동안 전해오던
그 사소함으로 그대를 불러 보리라

그래 잘 가라. 내 청춘, 사랑!

- 문MOON

A Letter to Myself
2부 0시의 러브레터

0시의 편지 '미에게' / 행복 편지 / 0시의 러브레터 /

문에게 보내는 편지 지금도 괜찮아 / 답변 문의 아침 편

지 그치지 않는 눈은 없고 / 오후에 러브레터 / 미래 설계

선언문 7 / 행복해지는 방법 가르쳐 드립니다 / 나에게

쓰는 편지, 회복! 노력 님에게

0시의 편지 '미에게'

봄이 왔는데 내 마음엔 봄이 없네요.

답변도 말라는 그대 앞에 난 실망을 느낍니다.

사랑은 '자존심'이 아니잖아요. 난 그대 앞에서 자존심을 내려놓고 말합니다. '정리'라는 말 앞에 나는 깜짝 놀라 화가 납니다. 왜 더 부유한 사람에게 가겠다는 미를 붙잡고 있는 내가 이해가 안 됩니다.

"미 난 아닌데. 준비가 전혀 안 됐어. 시간을 좀 줘."

사실 결별은 해명의 여지, 사랑의 호소도 통하지 않음을 알면서도 남겨진 문 앞에서 서성대는 나는 누굽니까? 그대를 사랑한 것밖에 없는데, 인생의 상처를 안게 되었습니다. 나는 내 사랑을 끝까지 믿으렵니다.

"아, 미! 그래도 행복하기를. 잊도록 노력 할께."

-미를 믿었던 문MOON

*편지를 분실해 당시를 회상하며 정리하여 재구성
 당시 편지는 경어가 아닌데, 독자를 위해 경어 사용

행복 편지

미, 행복은 엄마처럼 옆에
행복은 엄마처럼 옆에 있는데
왜 멀리서 찾지요?
내가 항상 웃을 수 있고
즐거운 마음으로 일하고
가벼운 걸음으로 생활하고
기쁜 마음으로 잠들 수 있으면
바로 내 옆에 존재하는 행복입니다.

행복은 무지개도 안개도 아닙니다.
아침에 일어날 때
오늘이 나의 전성기라고 생각하고
나를 바라보고 웃어 봅니다.
얼굴을 닦으면서도 빙긋이 웃고
그리고 좋은 생각만 합니다.
만나는 사람마다 먼저 인사를 하고
부드러운 미소를 보여줍니다.

그 사람이 나를 힘들게 하여도
그 사람의 입장에서 생각하고
그 사람이 불편함이 없도록 배려합니다.

언제나 싫은 표정은 짓지 않습니다.
그 사람의 단점은 생각하지 말고
좋은 점만 찾아 칭찬을 해줍니다.
그 사람은 머지않아 내 편이 됩니다.
남의 흉은 가급적 보지 말고
그 사람의 말을 고개를 끄덕이며 들어줍니다.
그 사람도 분명 나를 좋아할 겁니다.

그리고 내가 그에게 배려한 만큼
좋아한 만큼 그에게 욕심을 내면
모든 것은 모래성같이 사라집니다.
그래요 인생도 행복도
엄마처럼 옆에 있으니
먼 데를 보지 말고 접시꽃 같은 옆을

　-문MOON

0시의 러브레터

이 글을 쓰는 밤 0시, 내 마음이 어둠에 흔들립니다.
책장 속에 떨어지는 그림자처럼
그대의 얼굴도 내 마음속에서 떠나지 못하고 있습니다.

그대는 새 남친과 잘 지내고 있는지요.
나는 여전히 그대가 남기고 간 말 절교 한마디를
수없이 마음에 두었다 펴며 하루를 보냅니다.
세월은 모든 것을 무디게 한다지만
그대의 모습을 어찌 이리도 잊지 못하고
실망하는지 모르겠습니다.
사랑과 미래를 말하며 함께 걷던 길에서
내가 이렇게 흔들릴 줄 몰랐습니다.

이제는 추억조차 사라진 침묵의 이 길에서
나보다 그대를 먼저 생각하기에
시간 시간마다 떠나보내려 노력합니다.
나의 침묵 속에서

나는 이미 그대를 평생으로 불렀지만
만일 이 마음이 그대에게 짐이 된다면
그저 바람처럼 흘려보내 주십시오.

미, 떠나는 그대에게 할 말은
배신이나 원망은 없고
'미야 잘 가. 행복하기를....'

  *서로는 절교를 향해 갔는데, 뜻밖에도 시청 앞에서
   미 동창을 만나 서서히 회복되기 시작.

남녀란 서로 안 맞는 것이다.
- 프랑스

지금도 괜찮아

비가 막 그친 오후, 젖은 골목에 불빛이 번집니다.

한때는 함께 걷던 길, 이제는 각자의 속도로 지나가던 길.

우연처럼 마주친 순간, 두 사람은 동시에 울지도 못했습니다.

시간은 그사이에 수많은 오해를 놓고 갔고,

잠시 스쳐 지나가려다, 내 발걸음을 멈추고 다시 돌아오려 합니다.

"잘 지냈어? 지금도 괜찮아? 미안하고."

짧은 한마디 하는데 계절 몇 개가 걸렸습니다.

헤어진 동안 우리는 조금 다른 사람이 되었지만,

다시 만나는 순간만큼은 같은 방향이라고 생각합니다.

상처는 사라지지 않았으나, 더 이상 등을 돌릴 이유

도 없고

 이젠 거센 바람이 조용히 지나가고, 서로 이해하면
 우리 두 사람 사이에 남아 있던 공백이 천천히 메워
질 것입니다.

 다시 잡은 손은 예전보다 조심스럽고, 그래서 더 단
단해지겠지요.

 "난 내 자리를 찾은 거라고 생각해. 이기적이었지?
문 미안해."

 -미MEE

사랑은 미안하다고
말하는 것이 아니다.
-영화 러브스토리

그치지 않는 눈은 없고

미, 그치지 않는 눈을 본 적이 있습니까?

영원히 멈추지 않을 것 같은 상처도 곧 지나갑니다. 그치지 않는 눈이 없는 것처럼, 우리는 살아가면서 수많은 상처를 받지만 그 또한 지나가지요.

눈과 비, 바람을 맞지 않고 자라나는 나무는 없습니다. 우리의 살아가는 길에 수많은 눈과 비와 바람이 다가옵니다. 때로는 눈비 바람에 가지가 꺾여지듯이 아파할 때도 있습니다.

아픔으로 인해 나무는 더 단단해집니다. 내가 가진 한때의 아픔으로 인생은 깊어지고 단단하게 됩니다.

"미 난 괜찮아! 돌아와서 좋아."

눈과 비와 바람은 곧 멈추게 됩니다.

그리고 눈과 비와 그리고 바람을 견디고 핀 꽃이 아

름답습니다.
 사는 게 매번 아픈 게 아니라 지나가면
 곧 꽃처럼 아름답게 피어 나는 날이 옵니다.

 또 하루가 지나갑니다.
 하나의 아픔은 나를 더 깊고 아름다운 삶의 꽃이 피
게 하는 과정입니다.
 하루를 소중히 사는 사람은 상처를 잊고 미래의 비
전을 믿고 삽니다.

 "미 난 괜찮아! 돌아와서 좋아."

 -다시 시작 즈음에. 문MOON

처음이라는 밤 'SEX'

진달래 흐드러지게 피던 봄날 밤
사랑의 인사동에서 '처음'이 시작되었다.

첫 경험이어서 모든 게 서툴렀다.
손이 먼저 떨리고 말이 자꾸 늦었다.
밤은 깊어 가는데
우리 둘은 미지의 세계
또 다른 시간 속으로 들어가고 있었다.

그건 둘이 하나가 되는 사랑 그 자체다.
교접의 순간 그야말로 XX였다.
창밖의 불빛이 물 위에 흔들리듯
서로의 숨이 서로의 이름을 합쳤다.

그날 이후 우리는 알게 되었다.
사람의 온기란 진실한 사랑이며
하늘 거기에 존재하는

기억보다 오래 남는다는 걸.

인사동의 첫 경험은 잊을 수 없는 것,
그렇게 짜릿했고 아름다운 꽃이었다.

- 문MOON

오후에 러브레터

사랑하는 것은
사랑을 받느니보다 행복 하나니라.
오늘도 나는
에메랄드빛 하늘이 훤히 내다뵈는
우체국 창문 앞에 와서 너에게 편지를 쓴다

한길을 향한 문으로 숱한 사람들이
제각기 한 가지씩 생각에 족한 얼굴로 와선
총총히 우표를 사고 전보지를 받고
먼 고향으로 또는 그리운 사람께로
슬프고 즐겁고 다정한 사연들을 보내나니

사랑하는 것은
사랑을 받느니보다 행복하느니라.
오늘도 나는 너에게 편지를 쓰나니
그리운 이여 그러면 안녕!

설령 이것이 이 세상 마지막 인사가 될지라도
사랑하였으므로 나는 진정 행복하였네라.

* 유치환 시인이 황진이 다음으로 이쁘다던 이영도 시인에게
5천 통의 편지를 보냄 그 대표작으로 알려짐.

미래 설계 선언문 7

*연애하는 것처럼 살기.
*연극 영화 음악회 뮤지컬 등 한 달 한 차례 이상
*점심은 맛집, 일주일에 한 번 집에서 집밥
*국내 여행 자주, 해외여행 맛집 위주로 감
*고맙다 사랑한다. 하루 세 번 이상.
*청소 등 집안일은 같이 함.
*잔소리 부부, 아이들에게 금지. 칭찬 많이.

- 성,남의 편 합의문

아내는 '평생을 함께하는 사람'이고,
애인은 '잠깐 함께 즐기는 사람'이다.

행복해지는 방법 가르쳐 드립니다

"행복해질 수만 있다면...." 모든 인간의 본능이자 꿈이다.
어떤 사람은 재산을 늘리는 것에서, 혹은 좋은 음식을 맛보는
것에서, 아니면 열정적인 사랑을 통해 행복을 추구한다.

최근 미국을 중심으로 '행복해지는 방법'을 가르치는 긍정심리학(positive psychology)이 인기를 끌고 있다고 뉴욕타임스 매거진 최근호가 보도했다.

하버드대에서 지난해 최고 인기 강좌는 '긍정심리학 입문'이었다. 855명이 이 강의를 들었다. 강의평가에서 수강생의 23%는 "강의를 통해 삶이 개선됐다"고 답변했다.

현재 미국에서는 하버드대를 포함해 200개 이상의 대학에서 긍정심리학 강의가 이뤄지고 있다. 긍정심리학의 대가인 심리학자 마틴 셀리그먼 교수의 홈페

이지에는 40만여 명의 이용자들이 등록해 행복해지는 방법을 배운다.

그렇다면 긍정심리학이 제시하는 행복에 이르는 길은 뭘까.

지난해 조지메이슨대에서 행복론 강좌를 진행했던 교수는 학생들에게 2가지 숙제를 제시했다. 첫 번째는 즐거움을 주는 경험을, 두 번째는 다른 사람을 위한 친절 베풀기를 경험해 보라는 것이었다.

첫 번째 숙제에 대해서는 '스쿠버다이빙을 하면서 바닷속에서 남자 친구와 섹스하기' '코가 비뚤어지도록 술 마시기' 등의 답변이 나왔다. 두 번째 숙제에서는 '생애 처음으로 헌혈하기' '식당에서 웨이터에게 50달러 팁 주기' 등이 나왔다.

그런데 학생 대부분은 "남을 위한 선행이 단순한 쾌락 추구보다 훨씬 지속적인 행복을 안겨줬다"고 답변했다.

이처럼 긍정심리학이 제시하는 행복의 열쇠는 친절,

낙관적인 태도, 자신이 좋아하는 일 하기 등이다. 대학 졸업앨범 사진 분석을 통해 활짝 웃는 사람일수록 행복한 결혼생활을 하고 있다는 조사 결과도 있다.

또 수녀원에서 공동생활을 하는 수녀를 대상으로 한 연구에서는 이들이 매일 똑같은 음식을 먹고 똑같은 일정표에 따른 생활을 하고 있지만 낙관적인 수녀가 훨씬 오래 산다는 결과가 나오기도 했다.

요가와 명상도 긍정심리학의 행복론에서 자주 언급되는 내용. 가장 간단한 방법으로는

*매일 잠자리에 들기 전에 그날 있었던 일 중 가장 좋았던 일 떠올리기.

*한 번도 해보지 않은 일 해보기.

*자신에게 도움을 줬던 사람에게 감사하기 등도 제시됐다.

나에게 쓰는 편지 회복, 노력 님에게

  세월은 문도 열지 않고 떠납니다. 그 중간쯤 봄날 문과 나는 아줌마 아저씨의 길로 향했습니다. 순탄치는 않았으나 누구나 그렇듯 세월에 밀려 여기 산수까지 왔습니다. 그간 남편과 나는 각기 분야에서 어느 정도 성과를 거뒀습니다. 남편은 31권의 저서와 수많은 TV 명강의(내 생각)를 남겼고, 나도 좋은 가정을 만들고, 단체장 등을 하며 3권의 저서를 갖게 되었습니다. 노력의 결과겠지만 당신의 노력 덕분입니다.

그래도 늘 남편을 남의 편이라 부르는 걸 이해하기 바랍니다.

다들 그 유머를 좋아하더라고요.

유머를 하다가도 나를 생각해 봅니다. 얼마나 많은 내 시간 중에 남의 편 때문에 사랑 한가운데서 고민과 갈등도 있었다는 사실을 모를 거예요. 여기 서울 강남까지 오기에는 남모르는 어려움도 많았습니다. 사실 마음의 이혼도 있었지요. 늘 여자는 '알뜰해야 한다. 조신해야 한다. 시집에 잘해야 한다. 가정 화목 제사 등'늘 강박 속에서 마치 하루하루가 '사랑과 전쟁' 같 았습니다. '여성의 전화' 등에서 여성 운동을 하던 저에게는 사실 더 무거웠을지도 모릅니다.

이제 산수의 언덕에 서니 인생의 행복과 여유를 가지게 되었습니다. 우리 둘의 노력이라지만 난 한 대학생을 만나 어려움도 있었지만 여기까지 온 것을 행운, 행복! 늘 감사하게 생각합니다.

서울 강남의 60평대 아파트, 쓸 만큼 약간의 여유가 있는 현찰, 건강하고 늘 내 곁을 지켜주는 남편, 거의 매일 맛집 찾는 행복, 자식 걱정이 없는 등 늘 과분에서 하루에도 몇 번씩 감사한 마음입니다.

작년에는 세금도 1억 원 이상을 냈습니다.

당신은 TV에도 수없이 나와 강의를 하고, KBS-TV에 '체험 삶의 체험'까지 출연하였습니다. 노력의 결과이지요.

당신을 생각해 봅니다.

당신은 천재가 아니라 빛나는 '노력의 사람'입니다. 난 그대 애칭을 노력이라고 표현할 정도로 진정한 노력형입니다. 옆에서 보면 그 노력과 집중력이 무서울 정도입니다. 건강이 염려되니 앞으로는 조금 여유를 가졌으며 합니다. 아니 80 넘은 할아버지가 80 넘어 책 4권의 책을 썼다니 놀라울 뿐입니다.

　이제 좀 멈춰 주기 바랍니다. 건강이 최고임을 잊지 말길.
　친구도 만나고 나 말고도, 난 괜찮으니 더러 여류 인사들도 만나시고요.
　감사합니다. 그대의 짝

여자의 의견은 별 가치가 없지만,
그것을 채택하지 않는 사람은 바보다.
-세르판테스

A Letter to Myself
3부 쏘주 다섯 병 마신 날

남의 편 문의 명상록 그래도 괜찮아 / 쏘주(소주) 다섯

병 마신 날 / 미 연서 1 작가상을 받고 / 미 연서 2 모교

의 향기 / 우리 인생의 마지막 그림 / 꽃 모두가 합창하는

시 / 내가 사랑하는 허난설헌

그래도 괜찮아

나의 세대가 겪은 세월은
후진국의 가난과 무지로
참으로 어려운 시대였다.
6.25 전쟁 참화와 비극의 유년기
잠시 다녀온다던 아버지는 끝내
집으로 돌아오지 못하였다.

새마을 운동에 자립을 노래 부르고
'국가 분단, 갈등의 시기
독재와 민주화의 청년기,
직장을 찾아 도시로, 월남으로 나갔고,
내 집 하나 마련할 때까지 셋방살이를 전전하였다

가난과 무지를 극복하고
나보다 자식을 위해 헌신한 세대
내가 쓸 돈을 모두 자식에게
투자한 미련하고 눈물겨운 나날들

그 풍진 세상을 다 겪다가

마침내 아무런 준비도 없이
맞이한 우리들의 이 슬픈 노년기.
그래도 괜찮아.
그 모든 세월을 함께 견디며,
순종의 동고동락을 함께 한
나이 든 여자 하나는 있잖아!

이 풍진 세상
파란만장한 격동의 시대에
온갖 어려움을 겪다 보니
가는 줄 모르게 세월이 갔고,
오는 줄 모르게 노년이 왔구나.
아, 나이가 들어 노년이구나.

그래도 괜찮아.
노력했고 보통의 성공도!
바람 부는 오늘 밤에 손을 잡는다.
그리고 모두, 고맙습니다.

쏘주(소주) 다섯 병 마신 날

달콤하게 바꿔보고 싶으면 말해줘 쏠게!

오늘 책 원고를 마침내 탈고하고
그대와 술 다섯 병을 마셨네요.
후덕한 단골집 식당 이모가
걱정을 하며 나와 남의 편(남편)을 집까지 부축했어요.
아차, 난 필름이 끊겼어요.
내 생애 두 번째고요.
남의 편은 교육자지만 시인이라 더러 끊기고.
난 생각이 전혀 나지 않아요.
첫 번째 필름을 말하니 이게 웬일,
옆의 꽃 친구들이 다 부러워해요. '나도 한번 끊겼으
면.'
별 부러운 게 다 있네요.

술은 마음을 용감하게 만들고
술은 내게 자유를 주잖아요. 그리고 무엇보다

그렇게 기분이 좋아요, 천국인가 싶어요.
친구 시간 한번 내요. 내 멋지게 술 쏠게요.
술이 주는 자유와 그 기분 좋음을 어디서 느낄까요.
난 요즘 남의 편과 맛집에서
'쏘주(소주)' 한잔하는 게 낙이랍니다.

술을 먹어도 나이가 들어도 사랑은
침묵을 겁나게 만듭니다
*같이 있어도 나는 그대가 그립습니다.
술잔을 기울이면
그대 이름이 먼저 떠오르고
그대를 떠올리면
괜히 한잔이 더 필요해집니다.
취한 건 술인지 마음인지
헷갈릴 때쯤 우리는 사랑을 생각하고

그래도 이상하게 술이 깨도
그대와의 맛집 추억 잔향은 남아서

다시 밤이 오면 그대, 친구를 마신다
친구! 조금 더 쓸쓸하게,
혹은 더 달콤하게 바꿔보고 싶으면 말해줘.

도수 조절해 주듯이 분위기 맞춰 쏠게!

*유시화 시인

술은 인간에게
자유와 놀라운 즐거움을 준다.
– 휘트먼

작가상을 받고

상을 받고 당신을 생각하면
내 마음이 먼저 고개를 숙입니다.
사랑이라는 말조차 못 합니다.
내 모습이 너무 빠르게 늙어버리는 것 같아서요.

당신은
나의 하루를 설명하지 않아도 이해해 주는 문장이고,
침묵마저 따뜻하게 만드는 쉼표입니다.
하얀 눈이 오면
당신의 어깨 쪽으로 마음이 기울고,
바람이 불면
당신의 이름이 가장 먼저 흔들립니다.

사랑한다는 말 대신
오늘도 당신을 오래 바라보았다고 적습니다.
그것이면 충분하니까요.
언젠가 이 편지가

낡고 빛바랜 종이가 되더라도
당신을 향한 마음만은
끝내 문장이 되지 못한 채

그 자리에 남아 있기를 바랍니다.
늘, 당신 쪽으로

— 미MEE

모교의 향기

밝은 가을 하늘 아래 다시 찾은 모교
텅 빈 운동장에 온갖 색으로 변하는 잎새
운동회 친구들인 양 참새 떼만 가득하네.

한때 천 명이 넘던 시절 웃음이 가득했는데
그 이쁜 웃음과 꿈들이 여기저기서 피어났네.
지금은 다 어디서 무얼 하며 꿈을 이룰까.

XX초등학교 3학년, 친구야 큰 소리로 불러본다.
후배 하나 없는 운동장엔 잡풀만 무성하고
추억조차 사라지는 폐교, 그 향기 그리워하며
눈물짓는다.

*이달의 작가상을 받고
마음먹고 모교를 찾아 인사를 올렸다.
폐교된 모교 앞에서 그렇게 아쉬워
부족한 시 하나 바친다.

우리 인생의 마지막 그림

 70대 후반의 지인이 지난해 낙엽이 지던 날 넘어져서 다리뼈가 부러졌다.

대학병원에서 수술을 받았지만 그곳에선 장기간 입원을 할 수 없어 서울 강남에 있는 요양병원에 입원했다.

그러다 두 계절을 보내고 며칠 전 퇴원했다. 그가 담담히 말했다.

'입원 기간 동안 내가 할 수 있는 일은 별로 없었다.

병문안도 제한되어 수시로 전화를 걸어 안부를 묻거나 가끔 먹거리를 보내드릴 뿐이었다. 무사히 집으로 돌아온 지인은 병상에서 인생에 대해 많은 생각을 했다고 한다.

지인에 따르면 70~90대의 노인들이 모인 요양병원에서는 사람을 판단하는 기준이 다르다.

회장이건 박사건 무학이건, 전문직이건 무직이건,

재산이 많건 적건 별 상관이 없었다.

누구나 똑같이 환자복을 입고 병상에 누워있는 그곳에서는 안부 전화가 자주 걸려 오고 간식이나 필요한 용품들을 많이 받는 이가 '상류층'이다.

가족과 친구로부터 받은 간식과 생필품을 의료진이나 같은 병실 환자들에게 나눠주는 이가 부러움의 대상이 되는 것이다.

병실 계급은 그렇게 좌우된다.

"내 옆자리의 할머니는 밖에서 교장선생이었고 아들도 고위 공무원이라는데, 사과 몇 알은커녕 전화도 거의 안 오더라.

그래서인지 내가 받은 과일이나 간식을 나눠주면 너무 감사하다면서도 민망한 표정을 지어. 내가 그 아들에게 전화를 걸어 야단이라도 치고 싶었다니까. 몇 달 아파서 요양병원에서 지내보니 왕년의 직함이나 과거사는 다 부질없더라고." 지인의 말을 듣고 나도 깨달은 바가 컸다.

과거에 연연하거나 다가오지 않은 미래의 일에 불안해할 것이 아니라 오늘에 충실하면 된다.

그런데 그 '오늘'은 나 혼자 살아가는 것이 아니다.

바로 지금, 가족과 즐거운 시간을 보내고 친구나 친척들에게 안부 전화나 문자를 보내는 일, 결혼식이나 장례식 등에서 기쁨과 슬픔을 함께 나누는 일이 말년을 풍성하고 풍요롭게 보내는 보험이다.

그 보험은 전략이나 잔머리로 채워지지 않는다.

진심과 성의라는 보험료를 차곡차곡 모아야만 행복한 말년이라는 보험금이 내게 돌아온다.

반대로 자녀에게 공부나 성공만을 강요한 부모, 친구들과의 관계에서 조금도 손해를 보지 않으려고 늘 따지기만 하는 사람들은 십중팔구 고독하고 쓸쓸한 말년을 보내게 된다.

100세 시대라고 하지만 모두가 100세까지 행복하게 산다는 의미는 아니다.

사랑하는 가족과 행복한 시간을 보내며,

얼굴에 미소를 띤 채 삶을 마감할 가능성은 오히려 매우 낮다.

대부분은 병상에서, 혹은 양로원에서 죽음을 맞게 된다.

심지어 홀몸으로 쓸쓸히 생을 마무리 할 수도 있다.

노후에 내 손을 잡고 대화를 나눠 줄 이가 있다면,

그것이 바로 노후의 행복이다.

결국 노후의 행복을 결정짓는 것은 '관계'다.

최근 후배에게 점심을 사줬더니 후배가
"왜 항상 돈을 선배가 내느냐?"
"저금해 두는 거야."
내가 나중에 아팠을 때 후배가 병실에 찾아오지 않더라도, 가끔은 안부 전화를 걸어주거나 혹은 내가 전화를 걸었을 때 반갑게 받아주었으면 좋겠다는 마음에서 한 투자다.

그래서 얼굴을 통 못 보는 친구들에게도 귀여운 이모티콘을 담아 축복의 문자를 보내본다. 나중에 돌아오지 않아도 내가 지금 기쁘면 그만이다.
물론 여기저기 소중한 사람들에게 진심을 담아 투자하면 내게 되돌아올 가능성도 커질 테다.'

세대별 재밌는 사실이 있답니다.
50세부터 70세 때는 - 돈이 많은 게 자랑거리
60세부터 80세 때는 - 사랑을 할 수 있다는 게 자랑거리
70세부터 85세 때는 - 자동차 운전할 수 있다는 게 자랑거리

75세부터 90세 때는 - 친구들이 남아 있다는 게 자랑거리

80세부터 95세 때는 - 이가 남아 있다는 게 자랑거리

85세부터 95세 때는 - 똥오줌을 가릴 수 있다는 게 자랑거리

결국, 인생이란 너 나 할 것 없이 사는 날 동안 똥오줌 내 손으로 가리는 걸로 마감한다는 것이 인생 어찌 보면 세상 살아간다는 것이 행복한 삶이고 최고의 '상'이리라.

오늘부터 다시 사랑하고, 감사하는 마음으로 살아야 하지 않을까요?

-인터넷

최후에 웃는 사람이
제일 행복한 사람이다.
　　　　　- 영국

꽃 모두가 합창하는 시

내가 그의 이름을 불러주기 전에는
그는 다만 하나의 몸짓에 지나지 않았다.

내가 그의 이름을 불러주었을 때
그는 나에게로 와서 꽃이 되었다.

내가 그의 이름을 불러준 것처럼
나의 이 빛깔과 향기에 알맞은
누가 나의 이름을 불러 다오.
그에게로 가서 나도 그의 꽃이 되고 싶다.

우리들은 모두 무엇이 되고 싶다.

나는 너에게 너는 나에게
잊혀지지 않는 하나의 눈짓이 되고 싶다.

*이 시는 꽃꽂이협회 이사장을 하면서 회원과 함께
낭송한 애송 시 -김춘수 시인 2004 타계.

내가 사랑하는 허난설헌

옥이 깨지고 별이 떨어지니 그대의 한 평생 불행하였다.
하늘이 줄 때에는 재색을 넘치게 하였으면서도
어찌 그토록 가혹하게 벌주고 속히 빼앗아 가는가?

거문고는 멀리든 체 켜지도 못하고
좋은 음식이 있어도 맛보지 못하였네.
난설헌의 침실은 고독만이 넘쳤고
난초도 싹이 났지만 서리 맞아 꺾였네.

하늘로 돌아가 편히 쉬기를
뜬세상 한순간 왔던 것이 슬프기만 하다.
홀연히 왔다가 바람처럼 떠나니
한세월 오랫동안 머물지 못했구나.

*메모: 조선조 제일의 천재 허균이 그의 누이 천재 시인 허난설헌
이 27세에 요절하자 그의 죽음 앞에서 좌절하며 쓴 글입니다.
민족의 두 천재 남매를 사랑하며 낭만을 그리고 아쉬움을.

A Letter to Myself
4부 스트레스 해소법 7

강의소감문 1 / 강의소감문 2 / 하루 커피 2, 3잔은 약

/ 봄비 내리는 날 '웃으세요.' / 꼭꼭 씹어 먹으면 암도 이

길 수 있다 / 바람둥이 모든 것 / 암, 병원장이 보내는 편

지 / 스트레스 해결책 7

건배사 9

1. 오바마, 오빠 바라만 보지 말고 마음대로 해
2. 나가자, 나라와 가정과 자신을 위하여
3. 재건축, 재미있고 건강하게 축복받으며 살자
4. 진달래, 진하고 달콤한 내일을 위하여
5. 초가집, 초지일관 가정으로 2차는 없다
6. 단무지, 단순하고 무식하게 지금부터 즐기자
7. 119, 한자리에서 한 가지 술로 9시까지만 마시자
8. 892, 8~9시에 끝내고 2차는 없다
9. 9988234, 99세까지 팔팔하게 살다가 2~3일 내에
   죽자

강의소감문 1

오늘 일하는 중구청 여성 모임에서 일하는 여성에 대한 강의를 듣고 깊은 공감을 받아 이렇게 메일을 보냅니다.

사회가 급변하는 것에 비하여 여성의 역할이 크게 확대된 거 같지 않아서 부정적으로만 생각했었지만 21C에 적응하고 보다 뛰어난 삶을 살기 위한 여성이 되기 위한 방법을 제시한 이번 강의가 마음에 와닿았습니다.

앞으로는 마음 지수를 높이고 관심 있는 분야에서는 마니아가 되는 그런 여성이 되겠습니다. 진심으로 감사를 드립니다.

2011년 봄 중구청 강XX 올림
협회장으로 있을 때 가끔 강의 청탁이 옴

강의소감문 2

안녕하세요?

지난 화요일 강의를 들었던 김XX라고 합니다.

먼저 감사드립니다. 으레 다 아는 내용이려니 하고 별 기대 없이 참석한 저에게 이사장님의 강의는 큰 행운이었고, 특히 목소리가 고우셔서 잘 전달이 잘 되었습니다. 특히 저는 저 자신을 다시 한번 돌아보고 새롭게 시작할 수 있는 계기가 되어 정말 좋았습니다.

여성 활동에 더 매진하려 합니다.

2012년 4월 XX여자 교우회 김XX

하루 커피 2, 3잔은 약

  커피를 많이 마시는 것이 자궁암의 일종인 자궁내막암의 발병률을 낮출 수 있다는 연구 결과가 나왔다.

  22일 미국 의학 전문지 헬스데이 뉴스에 따르면 하버드대 공중보건연구소의 영양역학 분야 권위자인 에드워드 조바누치 교수는 카페인 커피를 하루 4잔 이상 마시는 여성은 1잔 이하로 마시는 여성에 비해 자궁내막암 위험이 평균 25%나 낮다는 연구 결과를 내놓았다. 하루에 마시는 카페인 커피가 2, 3잔인 경우는 자궁내막암 위험이 7% 낮았다.

  조바누치 교수는 "에스트로겐과 인슐린 수치가 높은 사람이 자궁내막암에 걸릴 위험이 큰데 커피가 에스트로겐과 인슐린을 낮추는 역할을 한다."며 "커피 음용은 자궁내막암의 원인이 되는 당뇨병을 예방하는 데도 상당한 효과를 낸다."고 말했다. 그는 26년간 여성 6만7,470명의 조사 자료를 분석해 이 같은 사실을 밝혀냈다고 말했다.

조바누치 교수는 커피는 수천 가지 성분이 뒤섞인 상당히 복잡한 음료라면서 가장 많이 들어 있는 항산화 성분이 항암효과를 가져오는 것으로 생각된다고 밝혔다. 이 연구 결과는 '암 역학, 생물 표지와 예방' 최신 호에 게재됐다.

건강은
행복의 첫 번째 조건이다.

봄비 내리는 날 '웃으세요.'

가을 이슬비 내리는 날에 학생 둘이 싸우고 있었다.
교수들의 반응이 웃음을 준다.

교육학과 교수: 아유, 아이들이 보고 배울라.
의상학과 교수: 야, 옷 찢어진다.
신학과 교수: 우리 모두 회개합시다.
법학과 교수: 니들 구속감이다.
건축학과 교수: 쟤들 기초가 안 돼 있어.
산부인과 교수: 저런 놈을 누가 낳았어.
정신과 교수: 저것들이 돌았나?
경영학과 교수: 싸우면 둘 다 손해야!

웃음이 최고의 의사다.

꼭꼭 씹어 먹으면 암도 이길 수 있다

  〈씹을수록 건강해진다〉를 쓴 니시오카 하지메는 교토대학 의학부를 졸업하였으며 미국 아인슈타인 연구소를 거쳐 도시샤 대학교수를 역임했으며 방사선과 화학물질의 독성 메커니즘 연구 전문가다. 그는 세계에서 처음으로 타액(침)의 독성 제거 능력을 연구과제로 도입한 학자이며, 식품 첨가물, 농약, 화장품의 독성 연구에 대해서 국제적으로 높은 평가를 받고 있다.

니시오카 하지메 교수는 어린 시절 할머니로부터 곧잘 "씹어라, 꼭꼭 씹어 먹어라, 씹을수록 건강해진다" 하는 말을 들으면서 자랐으며, 오랜 세월에 걸쳐서 타액연구를 하는 동안 경험적으로 쓰이고 있던 이 말의 근거를 처음으로 과학적으로 해명할 수 있게 되었다고 한다.

꼭꼭 씹지 않으면 병에 걸린다.

옛날에도 두부와 같은 부드러운 가공식품이 있었으니 부드러운 식품이 모두 나쁜 것은 아니지만, 사람들의 입맛을 자극하는 가공식품 대부분은 잘 씹지 않아도 먹을 수 있는 부드러운 음식이고, 대체로 화학첨가물인 향료, 착색료, 조미료가 잔뜩 섞인 죽음을 부르는 식품들이 많다. 니시오카 하지메에 따르면, 잘 씹지 않으면 타액이 부족하여 충치가 많아지고, 쉽게 암에 걸릴 뿐만 아니라 뇌졸중, 심장병, 당뇨병과 같은 생활습관병이나 치매와 같은 질병에 걸릴 확률도 높아진다고. 그뿐만 아니라 꼭꼭 씹지 않는 것은 비만의 원인이 되기도 한다.

도요토미 히데요시에 이어 300년에 걸친 도쿠가와 시대를 닦은 도쿠가와 이에야스의 건강 10훈 중에도 꼭꼭 씹기가 가장 강조되었다고 한다.

"도쿠가와 이에야스는 당시로서는 드물게 76세까지 건강을 유지하며 장수한 인물이다. 그는 식생활도 소박해 보리밥과 된장국을 주식으로 했으며 술도 그다지 즐기지 않았다고 한다. 그는 건강 10훈을 남겼는데, 그 첫 번째가 '한입에 48번 씹기'이다."

훗날 일본 국립위생연구소의 연구 결과에 따르면 생

선 탄 부위를 먹는 것이 암을 발생시키는 원인이 아니라는 것이 밝혀졌지만, 사람들은 대부분 불에 탄 고기를 먹으면 암에 걸린다는 잘못된 상식을 믿고 있다는 것.

꼭꼭 씹어야 하는 이유

음식을 꼭꼭 씹으면 독성이 사라지는 이유는 무엇인가? 지은이에 따르면 타액에 포함된 성분 중에서 페록시다아제가 독성 제거 작용을 하며 활성산소를 제거하는 메커니즘을 통해 이루어진다고 한다. 따라서 탁월한 활성산소 제거 능력을 갖춘 타액을 활용하면 암을 비롯한 각종 생활 습관병을 예방할 수 있으며, 아기에게는 타액보다 더 효과가 높은 모유를 먹여야 한다고. "다이옥신과 같은 많은 환경 독성물질이 활성산소를 발생시키지만, 모유는 이러한 활성산소를 충분히 제거하는 능력을 가지고 있기 때문이다."

그렇다면 꼭꼭 씹는 것만으로 얻을 수 있는 효과는 얼마나 더 있을까?

1. 꼭꼭 씹으면 뇌 기능이 활성화되고 기억력이 좋아진다.

2. 꼭꼭 씹으면 면역력이 향상된다. 감기 기운이 있으면 음식을 꼭꼭 씹어 먹어야 한다.

3. 꼭꼭 씹으면 노인성 치매를 예방할 수 있다.

4. 타액(침)에는 젊어지는 호르몬(파로틴)이 있어 꼭꼭 씹으면 건강하게 장수할 수 있다.

5. 틀니로도 꼭꼭 씹으면 타액으로부터 같은 효과를 얻을 수 있다.

6. 천천히 꼭꼭 씹으면 과식을 막아 비만을 예방할 수 있다.

7. 씹으면 곧바로 체온으로 소모되는 칼로리가 많아 비만을 막지만 씹지 않으면 체지방으로 축적된다.

8. 얼굴 근육이 발달해 표정이 풍부하고 매력적으로 변한다.

9. 환경! 호르몬으로부터 몸을 보호해 생식능력을 높인다.

꼭꼭 잘 씹어 먹기 위해서는 현미잡곡밥과 산, 들, 바다에서 나온 자연이 준 식품을 먹어야 한다. 공장에서 만들어진 가공식품들은 한결같이 꼭꼭 씹지 않아도 되는 음식들이기 때문이다. 꼭꼭 씹어 먹는 단순한 습관만으로도 건강을 지킬 수 있다는 것이 니시오카 하지메의 주장이다. 여러분도 당장 천천히 꼭꼭 씹는 습관을 들여 보시기 바란다.

바람둥이 모든 것

바람둥이 가장 많이 하는 말
 * 너뿐이야
 * 아름다우시네요
 * 나 믿지?
 * 만난 건 운명이야
 * 처음이야
 * 처음 본 순간 인상적
 * 편해

바람둥이 유혹 방법
 * 과잉 친절
 * 그윽한 눈빛
 * 선물 공세
 * 보호 본능 자극
 * 순진한 척
 * 공통 주제

바람둥이 구분법
 * 유창한 말솜씨
 * 전화가 오면 나가서 받는다
 * 모든 사람에게 잘해준다
 * 세련된 매너
 * 돈을 많이 쓴다
 * 술을 먹인다

바람둥이 이별법
 * 인연이 아닌가 봐
 * 다시는 사랑을 못할 거 같아
 * 사랑해서 보내주는 거야
 * 미안해
 * 내가 부족해
 * 나 이민가

암, 병원장이 보내는 편지

벗 이XX에게

하늘이 나에게 암을 선물했다고 생각한다. 내가 암에 걸리지 않았다면 푸른 하늘과 맑은 새소리가 그렇게 아름다운 줄 모르고 죽을 뻔하였다. 매일 같이 안부 전화를 하는 친구들이 정말 소중한 하다는 것을 지나칠 뻔했다. 아내와 손잡고 산보를 하고, 매주 온 가족이 모여서 식사하는 일이 이렇게 행복하다는 것을 어찌 알았겠는가? 모두가 고맙고 황송한 일들이다.

암에 걸리고 나이 일흔이 돼서야 철이 든 기분이다.

- 중앙대 병원장 하권익 박사

건강할 때 행복을 느끼지 못한다면
그것은 가장 큰 불행이다.

스트레스 해결책 7

 본래 스트레스라는 말은 원래 물리학 영역에서 '팽팽히 조인다'라는 뜻의 '라틴어(stringer)'에서 나왔다. 의학 영역에서는 캐나다의 내분비학자인 한스 셀리에 박사가 '정신적 육체적 균형과 안정을 깨뜨리려고 하는 자극에 대해 안정 상태를 유지하기 위해 변화에 저항하는 반응'으로 스트레스를 정의하며 스트레스 학설을 처음으로 제시했다.

스트레스는 긍정적 스트레스와 부정적 스트레스로 나눌 수 있다. 당장에는 부담스럽더라도 적절히 대응해 자신의 향후 삶이 더 나아질 수 있는 스트레스는 긍정적 스트레스다.

반면에 자신의 대처나 적응에도 불구하고 지속되는 스트레스는 불안이나 우울 등의 증상을 일으킬 수 있기 때문에 부정적 스트레스라고 할 수 있다. 부정적 스트레스를 계속 받다 보면 우리 신체는 건강에 문제를 일으키는 호르몬의 습격을 받게 된다.

이 때문에 스트레스 증상이 나타나면 운동이나 심호흡 등을 통해 마음을 가다듬는 등 대책을 세워야 한다. 스트레스를 물리치는 7가지 방법을 알아본다.

1. 원인 찾기

무엇이 골치를 쑤시게 하는지 파악해 보자. 보통 우리를 괴롭히는 문제에는 세 종류가 있다. 실제적인 해법이 있는 문제, 시간이 지나면 나아질 문제, 그리고 통제 밖에 있는 문제 등 3가지다. 스트레스의 원인을 밝힌 다음, 첫 번째 범주에 초점을 맞춰야 한다. 나머지 둘은 무시하는 수밖에 없다.

2. 신체활동(운동)

운동이 스트레스를 치료하진 않는다. 그러나 머리를 맑게 하고 기분을 가볍게 하는 데는 도움이 된다. 요가도 좋고, 스트레칭도 좋다. 그러나 술은 절주를 하거나 담배를 피우지는 말라. 육체적으로도 정신적으로도 절대 도움이 되지 않는다.

3. 대화

친구와 속 깊은 대화를 나누다 보면 생각지도 못한 해법이 나올 수도 있다. 당신이 보지 못하는 것을 친구는 보기 때문이다. 친구에게 자주 전화하고 만나는 게 좋다.

4. 스마트폰 절제

아예 스마트폰을 사용하지 말라는 말이 아니다. 이제 그런 생활은 불가능하다. 단 잠들기 한 시간 전에는 스마트폰을 손에서 놓아야 한다.

압박감을 주는 내일의 업무는 잠시 잊고, 불쾌한 일, 남들의 성공을 생각하는 등도 그만 중단하고, 따뜻한 물에 목욕을 하며 기분 좋았던 일들을 생각해 보자.

5. 명상

연구에 따르면, 명상을 통해 스트레스를 관리할 수 있다. 명상이 뇌를 다시 프로그래밍해서 스트레스를 받더라도 그에 휘둘리지 않게 된다는 것이다.

6. 업무 리스트 만들기

할 일이 너무 많으면 일을 통제하는 대신 일에 치이게 된다. 업무 목록을 작성하라. 그리고 소소한 일을 먼저 끝내라. 매사를 재미있게 처리해야 한다.

7. 건강한 식사

기분은 무엇을 먹는가에 따라 영향을 받는다. 고지방 식품이나 카페인 설탕도 피하는 것이 좋다. 과일과 채소를 많이 먹고 물을 충분히 마셔야 한다. 명석한 식사가 답이다.

- 더가디언단컴

A Letter to Myself

5부 하버드대 수강률 1위

뇌건강 10계명 / 꿀로 병을 고치는 방법 / 심근경색의

모든 것 / 감기 없는 겨울철 건강법 / 건강한 장수 7가지

비결 / 현대과학이 밝혀낸 100세 7 / 걷기운동, 신이 내

린 선물 / 하버드대 수강률 1위 / 싱글로 행복하게 사는

법

뇌건강 10계명

01. 연결해 기억하라
02. 양손을 사용하라
03. 잠자기 직전에 공부하라
04. 외우지 말고 이해하라
05. TV 보는 시간을 줄이라
06. 일상적인 것에 반대하라
07. 여행하라
08. 새로운 것을 먹어라
09. 도전하고 배워라
10. 남들 따라 하지 말라
11. 사회 활동을 하라

출처 : 카이스트 이수영 교수

사람에게 첫 번째 부는 건강이다.
 – 에머슨

꿀로 병을 고치는 방법

피곤할 때 꿀 큰 스푼 반 계핏가루 뿌린 한 컵의 물,
동일한 분량을 복용한 노인 분들이 더 민첩해지고 유
연해진다고 합니다

심장병은 꿀과 계핏가루로 반죽해서 젤리나 잼 대신
빵에 발라먹기!
동맥혈관 속 지방이 축적되는 현상이나 심장마비에
거릴 확률이 줄어듦,
숨이 차는 것도 덜하고 심장박동도 강하게 됩니다.
동맥과 혈관들을 매우 튼튼하게 만듭니다.
※미국, 캐나다 등 요양원에서 이 방법을 성공적으로
써오고 있습니다.

관절염은 더운물 1컵 꿀 2스푼 계핏가루 작은 1스푼
을 매일 먹으면
고질적인 관절염에 좋다고 합니다.
코펜하겐 대학에서 연구 결과 환자를 고치고 73명의

환자가 통증이 완화되었다고 합니다.

방광염은 계핏가루 큰 2스푼 꿀 작은 1스푼이 최고입니다.

콜레스테롤은 꿀 큰 2스푼 계핏가루 작은 3스푼을 먹으면 2시간 안에 혈관 속 콜레스테롤 치수가 10% 내려간다고 합니다.

감기는 꿀 큰 1스푼 계핏가루 1/4 스푼 3일 복용 웬만한 기침. 감기. 콧물 나아집니다.

위통은 꿀과 계핏가루 혼합해서 드시면 위궤양도 깨끗하게 만들어 줍니다.
속에 가스가 찼을 때 인도와 일본에서 연구 결과에 의하면 도움이 된다고 합니다. 면역체계, 꿀과 계핏가루를 매일 쓰면 병균이나 바이러스 공격에도 탁월한 효능이 있으며 백혈구를 튼튼하게 만들어 줍니다.

소화불량은 계핏가루 2스푼 꿀을 식전에 드시면 위산분비를 조절하고 아주 무거운 식사도 거뜬히 소화해 준다고요.

독감, 스페인의 과학자들은 꿀 속에 독감 균을 죽이는 자연 성분이 들어 있을 뿐만 아니라 환자를 치유한다고 증명했다 합니다.

암은 꿀 큰 1스푼 계핏가루 작은 1스푼
하루에 3번씩 한 달 이상 복용하세요.
최근 일본이나 오스트레일리아의 연구진에 따르면 진전된 위암이나 골수암 치유에 상당한 효과를 봤다고 합니다.

건강이 지식보다
더 가치가 있다.

심근경색의 모든 것

 돌연사 발생 수일 또는 수주 전에 흔히 나타나는 경고 증상은 다음과 같다.

 1. 가슴 가운데 부분의 갑작스러운 압박감, 충만감, 쥐어짜는 듯한 느낌이나 통증이 몇 분 이상 지속되거나 왔다 갔다 하는 증상.
 2. 가슴 중앙부로부터 어깨, 목, 팔 등으로 전파되는 가슴의 통증.
 3. 머리가 빈 느낌, 실신, 발한, 호흡곤란 등을 동반한 가슴의 불쾌감.
 4. 육체 활동이나 정신적 흥분 등 스트레스에 의해 생기고 휴식이나 안정에 의해 소실되는 가슴의 통증.
 5. 이유 없이 매우 빨라지거나 불규칙해진 심장박동 등이다.
 이상과 같은 심각한 심장병의 예고 증상이 발생하였을 때 이를 무시하면 돌이킬 수 없는 불행을 당하게 될 수 있음을 유의해야 한다고 의사들은 지적한다.

1. 담배는 심장병의 적으로 반드시 끊어야 한다.

2. 혈중 콜레스테롤 수치가 높으면 심근경색 가능성이 높아지므로 고지혈증을 없애야 한다.

3. 혈압이 높은 것도 동맥에 손상을 주고 심장에 부하를 높이므로 조절해야 한다.

4. 당뇨병이 있으면 여러 혈관에 동시에 영향을 주고 합병증도 빈발하므로 적극적으로 조절해야 한다.

5. 현대인에게 최근 들어 문제가 되는 것을 스트레스 증가다.

감기 없는 겨울철 건강법

튼튼한 면역력과 건강한 습관으로 비염을 이겨낼 수 있다.

'숨을 쉰다'는 것은 사람이 살아가는데 가장 기본적인 행동이다. 사람은 음식이 없다면 약 3주, 물이 없다면 약 1주 정도 생존할 수 있다. 하지만 숨을 쉬지 않고는 5분도 견딜 수 없다. 생존의 가장 기본인 숨을 편하게 쉴 수 없다면 어떨까? 춥고 건조한 겨울만 되면 감기나 비염으로 고생하는 사람들은 올겨울에도 숨쉬기 전쟁 중이다.

비염의 가장 대표적인 증상은 콧물, 코막힘, 재채기이다. 추운 곳에서 따뜻한 곳으로 들어가면 콧속에 맺혀있던 콧물이 주룩 흐르기도 하고, 코가 갑자기 막혀서 입으로 숨을 쉬기도 한다. 또, 쉴 새 없이 나오는 재채기 때문에 주위 사람들에게 따가운 눈총을 받기도 한다. 입천장과 눈이 가렵거나 눈 밑이 검게 그늘지는 증상이 나타나기도 한다.

알레르기성 비염의 증상은 감기와 비슷하기 때문에 감기로 착각하기 쉽다. 하지만 열흘 이상 콧물과 코막힘이 지속된다면 비염을 의심해 봐야 한다. 비염을 방치하면 콧속의 농이 부비동에 고여 축농증으로 발전할 수도 있다. 비염은 축농증뿐만 아니라 여러 질병으로 악화하기도 한다.

비염과 축농증은 아이들에게 특히 치명적이다. 비염과 축농증을 앓을 경우, 기혈 순환에 문제가 생긴다. 이로 인해 두뇌의 산소 공급이 제대로 이루어지지 않아 집중력이 떨어지고 주의가 산만해지면서 학습 능력이 감소된다. 비염이 있는 아이들은 코가 막혀 입으로 숨을 쉬기 때문에 얼굴의 변형이 오고, 숙면을 취하지 못한다. 깊은 수면을 취하지 못한 아이들은 키 성장이 더디고, 만성피로에 시달린다. 또 코를 자주 훌쩍이거나 재채기를 자주 하게 되면 친구들에게 놀림감이 될 수도 있다.

이런 것을 원활하게 하려면 평소 걷기운동, 달리기, 수영, 등산 등 유산소운동이 도움이 된다. 폐의 열이 사라지면 면역력이 강화되어 염증이 사라지고 면역력이 높아진다.

식사는 단백질과 더불어 비타민을 충분히 섭취하는

것이 좋다. 야채와 해조류를 많이 섭취하고 당분은 되도록 적게 섭취한다. 실내외 온도 차이가 크면 신체가 적응하기 힘들어 면역력이 약해질 수 있다. 또 실내가 너무 건조하면 콧속 점막이 마르기 쉬워 코가 제 기능을 다 하지 못할 수 있으므로 적정 온도와 습도를 유지하도록 한다.

　정신적 피로와 육체적 과로는 면역력을 떨어뜨려 감기나 비염에 걸리기 쉬운 상태로 만들 수 있으므로 충분한 휴식을 취해주는 것이 좋다. 맑은 공기를 마시고, 규칙적인 운동, 건강한 생활을 한다면 건강한 폐로 거듭나 감기와 비염에서 벗어날 수 있을 것이다.

신이 선사한 최고의 운동은
걷기다.

건강한 장수 7가지 비결
현대과학이 밝혀낸 100세 7

 어떻게 하면 건강하게 100년을 살 수 있을까? 적게 먹고, 마음을 긍정적으로 가지며 배우자와 함께 좋은 환경에서 사는 것 등 대부분은 누구나 실천할 수 있는 방법들이다.

 현대과학이 밝혀낸 장수의 비결 7가지를 소개한다.

1. 소식小食

 현재까지 알려진 가장 확실한 장수 방법이다. 식사량을 30% 줄인 그룹은 정상적인 식사를 한 그룹에 비해 사망률은 8%, 암·심장병·당뇨·신장병 등 노화 관련 질환 발병률은 18% 더 낮았다.

 쥐 실험에선 식사량이 30% 줄면 수명이 최대 40% 늘어났다.

 사람 대상 연구에서도 효과는 입증되고 있다.

 최근 미국 루이지애나 주립대 연구팀이 입원 환자들을 조사한 결과 적게 먹는 환자들은 인슐린 수치와 체온이 낮고 DNA 손상도 적었다.

세 가지는 모두 장수의 지표로 알려진 수치들이다.

식사량을 25% 줄인 그룹의 인슐린 수치가 정상 식사를 한 그룹에 비해 낮았다. 세포는 평상시 자기보존과 세포재생에 에너지를 나눠 쓴다.

식사량이 적어지면 생존의 위기감을 느낀 세포들은 재생에 쓰던 에너지까지 유지보수 쪽에 투입하기 때문에 세포 소멸이 줄어들고 이는 곧 수명 연장으로 이어진다.

물론 무조건 적게 먹는 것이 최선은 아니다. 식사량을 크게 줄이는 대신 비타민, 미네랄 등 필수영양소는 충분히 섭취해야 한다.

2. 저低체온

2006년 11월 세계적 과학잡지 '사이언스'에 동물실험에서 밝혀진 새로운 장수 방법이 공개됐다. 뇌, 심장 등 신체 내부 장기의 온도인
체온을 낮추면 수명이 늘어난다는 연구 결과였다.

유전자 조작으로 쥐의 체온을 0.3~0.5℃ 낮춘 결과, 수컷은 12%, 암컷은 20% 수명이 연장됐다는 것은 저체온이 장수에 도움이 된다는 사실은 사람 대상 연구에서도 입증된 바 있다.

미 국립노화연구소(NIA) 조지 로스 박사팀이 '볼티모어 노화 연구(BLSA)' 참가자 718명을 조사한 결과, 체온이 낮을수록 수명이 더 길었다. 과학자들은 체온이 낮아지면 체온 유지에 들어가는 에너지가 줄어들고, 에너지 생성 과정에서 발생하는 노화 물질 '활성산소'도 그만큼 감소하기 때문으로 추정하고 있다.

3. 적절한 자극

옥스퍼드 의대 리차드 돌 교수가 남성 방사선과 전문의 2698명을 1997년까지 추적조사한 결과, 일반인들에 비해 사망률이 28% 더 낮게 나왔다.

적은 양의 방사선과 같은 적절한 외부 자극은 인체 면역체계를 활성화해 장수에 도움이 된다.

4. 성공

고학력일수록 오래 산다는 연구도 있다. 런던정경대(LSE) 사회정책학과 마이클 머피 교수팀이 러시아인 1만 440명을 조사한 결과, 대학 졸업자는 초등학교 졸업자보다 기대수명이 11년 더 길었다. 고학력일수록 사회적으로 성공할 확률이 높기 때문이다.

학력이 높으면 더 오래 사는 이유를 생리적 요인에

서 찾기도 한다.

두뇌의 용적과 뉴런의 숫자로 결정되는 '두뇌 보유고(Cognitive Reserve)'가 높을수록 치매 등 노화에 따른 뇌세포의 퇴행에 더 잘 버틴다는 것이다.

뇌의 능력은 20대 중반에 최고 조에 이른 뒤 계속 내리막길을 걷기 때문이다. 건강한 노년을 보내고 장수하려면 중년 이후 두뇌 운동과 육체적 운동을 꾸준히 해서 두뇌 보유고를 높여야 한다.

5. 긍정적 태도

미국 듀크대의대 정신과 연구팀이 가장 긍정적인 태도를 지닌 2,319명은 가장 부정적인 2,319명에 비해 평균수명이 42% 더 길었다.

2004년 예일대 연구팀이 발표한 논문에서도 긍정적인 사고를 하는 사람은 부정적인 사람보다 7.5년 더 오래 사는 것으로 나타났다.

긍정적인 사람은 청력소실과 같은 노인성 질환 발병률도 낮았다.

예일대 의대 베카 레비 교수가 노인 546명의 청력을 36개월 주기로 검사한 결과, 노화에 대해 긍정적으로 받아들이는 노인들은 부정적인 그룹에 비해 청력 손실 도가 11.6% 낮았다 긍정적인 태도는 스트레스 호르몬 수치를 낮춰 면역성 질환, 알츠하이머병, 심장병 등에 걸릴 확률을 낮추는 효과가 있다.

6. 배우자

배우자, 자녀, 친구, 이웃 등과의 친밀한 관계는 수명을 연장한다. 울산대 의대 예방의학 교실 강영호 교수팀이 성인 5437명을 대상으로 조사한 결과, 미혼자는 기혼자에 비해 사망률이 6배 높았다.

미국 시카고대학 노화센터 린다 웨이트 박사가 중장년층을 대상으로 조사한 결과에서도 아내와 함께 사는 남성은 매일 한 갑 이상 담배를 피워도 비흡연 이혼 남성만큼 오래 산다는 연구도 있다. 배우자에게 잘해야 한다.

친구도 도움이 된다.

호주 연구팀이 70세 이상 노인 1,477명을 조사한 결과, 교우관계가 가장 좋은 492명은 하위 492명에 비해 22% 더 오래 살았다. 대화할 상대, 어려울 때 의지할 수 있는 사람이 있으면 두뇌활동과 면역체계가 활성화된다.

스트레스에도 더 잘 대처할 수 있다. 심리적인 효과 외에도 함께 사는 배우자나 자식 등으로부터 받는 건강 정보와 경제적 지원 등도 장수를 돕는다.

7. 주거환경

하버드대 공중보건대 연구팀이 주변 환경이 나쁘면 노화의 징후도 빨리 온다. 워싱턴 의대 마리오 슈트먼 박사팀이 세인트루이스 지역에 거주하는 563명을 조사한 결과,

소음과 대기오염이 적은 지역 거주자들은 주거환경이 나쁜 지역 사람들보다 하반신 기능장애가 올 확률이 67.5% 낮았다.

미 국립노화연구소(NIA) 조지 캐플런 박사팀이 교통·소음·범죄·쓰레기·조명·대중교통 등 주거환경이 좋은 그룹은 나쁜 지역 거주자보다 신체 기능성 테스트 한 결과 55.2% 더 높은 점수를 받았다.

그래 더 활기차게 100세를 넘어보자. 나 자신에게 100세 편지를 쓰자.

음식으로 고치지 못하는 병은
약으로도 고칠 수 없다.
- 히포크라테스

걷기운동, 신이 내린 선물

1. 면역기능이 좋아진다.
2. 심근경색이 있더라도 더 오래 산다.
3. 심장 질환의 위험이 줄어든다.
4. 체내 에너지 활용이 높아진다.
5. 산소 섭취량이 는다.
6. 근력이 증강된다.
7. 혈압을 정상적으로 유지 시킨다.
8. 인대와 힘줄이 강하게 된다.
9. 심장의 혈액순환이 좋아진다.
10. 좋은 콜레스테롤은 증가, 나쁜 콜레스테롤은 감소한다.

하버드대 수강률 1위

 하버드대학의 공부 벌레들에게도 최대의 관심사는 '행복'이다.

지난 2월 개강한 이번 학기 하버드대 최다 수강 과목은 885명의 학생이 수강 신청을 한 '긍정심리학'. '성취하는 삶, 풍부한 삶을 창출하는 방법을 가르친다.'라고 강의 요강에 소개 돼 있는 이 과목은 미국 최고의 의과대학 학풍에 어울리지 않는 '가벼운 오락물'이라는 일부 비판에도 불구하고 학생들 사이에서 높은 인기를 누리고 있다.

'행복학'을 가르치는 벤 샤하르(35) 심리학 교수의 또 다른 강좌인 '리더십 심리학'에도 512명의 수강생이 몰려 '경제학 원론'(669명)에 이어 세 번째로 많은 수강생을 확보했다.

6,500명의 하버드 학부생 중 5명의 1명꼴로 벤 샤

하르 교수의 강의를 듣는 셈이다. "`긍정심리학`은 하버드의 모든 학생이 듣고 싶어 하는 수업"이라고 말한다.

벤 샤하르 교수는 "내 강의가 쉬운 것처럼 보이는 것은 그만큼 학생들 자신의 삶과 밀접하게 관련돼 있기 때문"이라고 주장하며 종신 교수직에 연연하기보다는 "어떻게 하면 행복하고 건강하게 살 수 있는지를 가르치는 데 전념하고 싶다"고 피력했다.

강의 만족도는 매우 높아 지난 학기 수강생 가운데 23%가 "강의 때문에 삶이 변화했다."고 평가했다.

싱글로 행복하게 사는 법

 미래 세계는 싱글로 살아가는 사람들이 엄청나게 많이 늘어날 것이다. 현재 우리나라도 싱글의 숫자가 늘어나고 있으며, 가정에서도 시집 안 간 과년한 딸들이 넘쳐나고 있다. 2호선 전철 경로석에서 어르신 두 분이 하시는 말이 그걸 잘 대변해 주고 있다.

"아, 40 넘은 딸아이 때문에 골치가 아파 죽겠다. 영 결혼할 생각을 안 한다."

"그래, 요즘 방 빼라는 말이 유행이잖아."

"방 빼가 뭐야." "아, 골치 딸들 빨리 시집가라는 거야."

옆에서 들으니 두 할아버지가 계속 딸들을 흉보고 있는 것이었다. 그때 한 분이 "어, 정류장을 두 개나 지나친 것 같다." "그러게." 하면서 급히 내리시는 것이었다. 자기 딸들을 흉보다가 정류장을 둘이나 지나친 것이었다.

미래는 이처럼 시집 안 간 딸, 또는 수명이 획기적으로 늘어나면서 핵가족 등으로 노 장 청에서 고루 싱글도 많이 증가할 것이다. 피할 수 없는 현실이다. 이런 많은 싱글이 어떻게 하면 행복하게 살 수 있을까?

때때로 싱글이 되었을 때를 상상하며 미래 세계로 나를 이끌어 본다. 사람은 모두 언젠가는 싱글이 된다. 아마 싱글이 된다면 불안, 공포, 고독 등 문제가 넘칠 것이다.

우선 똑똑한 처녀로봇, 총각로봇을 사면 좋을 것이다. 21C는 로봇의 시대인데, 이상하게 생긴 로봇이 아니고 사람을 닮은 로봇을 휴머노이드라고 한다. 이 휴머노이드들이 AI(인공지능)를 장착해 점점 똑똑해져서 지능조차 인간과 비슷해진다고 한다. 대화상대로 무척 좋고, 예쁘고, 멋져 보통 부부처럼 싸울 일도 없어 좋을 것이다. 거기다가 순백의 하얀 강아지 한 마리를 반려 식구로 삼는다면 새로운 배우자를 찾아 여기저기 기웃거릴 필요가 없을 것이다. 새롭게 맞추고 갈등할 필요도 없고.

하늘은 푸르고 순백처럼 하얀 강아지는 연속 꼬리를 치면서 기쁨을 주고, 옆에 있는 예쁜 처녀로봇이나 잘

생긴 총각로봇이 아이돌 음악으로 또는 BTS의 노래
와 춤으로 행복을 준다면 그게 싱글의 유토피아가 아
닐까.

A Letter to Myself
6부 사랑은 조용히 오는 것

나에게 쓰는 편지 그렇게 빨리 떠날 수는 없었다 / 나에

게 쓰는 편지 편지는 무엇인가 / 나에게 쓰는 편지 정신

적인 사랑 / 나에게 쓰는 편지 사랑은 조용히 오는 것

그렇게 빨리 떠날 수는 없었다

임이여
이제는 더 이상 헤매지 말자.
이토록 늦은 한밤중에
사랑이 깃들고 달빛도 환하지만

너에게 쓰는 편지는
길고도 길어

나는 그대로부터 멀리 달아난다.
그러나 역시 너의 고삐에 묶여서
낯선 나라와 먼 골짜기와 숲을
헤매야 한다.
아, 나의 마음은
그렇게 빨리 떠날 수는 없었다.

여자가 두 남자 중에
누구를 택하는가 하는 결정은
바람보다 빠르다.
- 아일랜드

편지는 무엇인가

편지는 어떤 사실을 전해줄 뿐 아니라, 사람과 사람 사이의 관계를 아름답게 가꿔준다. 무엇보다도 중요한 것은 길고 짧은 것이 문제가 아니라 정성이 담기도록 쓰는 일이다. 편지를 쓸 때는 직접 만나 이야기하듯 상대방의 수준에 맞는 쉬운 말로 써야 한다. 그리고 사랑과 공경의 마음이 느껴지도록 성의를 다해야 한다. 할 말은 명확하게, 자세하게, 그리고 알기 쉽게 적어야 한다. 그러나 집에 오는 수많은 우편물 중에는 스팸메일이 더 많은 현실이기에 편지를 기다리는 마음도 없다.

그렇다. 글 중에서도 특히 부부가 살아가면서 서로에게 사랑을 고백하고 용기를 부어주는 편지라면 풍성한 삶을 가져다주게 될 것이다. 남편에게, 아내에게, 자녀에게, 부모에게 사랑한다는 편지를 쓰자. 꼭 편지 형식이 아니어도 좋다. 사랑하는 사람에게 사랑을 표현하자.

말로도 좋지만 글로써 사랑을 적극적으로 표현하자. 절대 부담을 갖지 말자. 연애 시절 같이 예쁜 단어 찾으려고 몇 장이나 찢어버리는 수고는 하지 말자. 잘 쓰면 어떻고 못 쓰면 어떠한가? 자연스럽게, 항상 쓰는 말로 진심을 전하면 된다. 길게 쓸려고 노력하지도 말라. 차 한 잔 마시는 마음의 여유만 가지면 언제든지 쓸 수 있는 것이 편지이다.

사랑이 배어있는 글이면 그것이 바로 '은쟁반에 금사과'이다. 사랑의 감정뿐만이 아니라 섭섭했던 느낌도 편지로 자연스럽게 전하는 글을 쓰는 순간 격한 감정도 완화되고 받는 상대도 상한 감정이 눈 녹듯 사라져 넓은 마음으로 변하게 될 것이다.

오늘 차 한 잔의 여유를 갖고 '사랑하는 것은 사랑받느니보다 행복하느니라. 오늘도 나는 에메랄드빛 하늘이 환히 내다뵈는 우체국 창문 앞에 와서 너에게 편지를 쓴다. 유치환 선생의 '행복'이라는 시를 생각하며 봄날에 편지를 써 보자. 유치환 시인은 아름다운 이영도 시인에게 조선조 황진이 다음에 예쁘다며 5천여 통의 편지를 썼다고 하지 않나?
현실이 아쉽지만 이제 나에게 그대에게 쓰는 편지를 쓴다.'

이 세상에는
세 가지 귀중한 금이 있다.
*황금 *소금 *지금

정신적인 사랑

먼 길 달려
당신 만나러 모든 것 남겨두고 왔습니다.
잿빛 하늘 끝을 돌아 당신을 찾아가는 저녁입니다.
그대와 나, 짧은 인연으로 만나
내 마음은 언제나 쉼 없이 흔들리고
한겨울 긴긴 밤 그대를 그리다 잠 못 이루는 밤
어쩌면 영 이별이 아닐까 걱정도 하였습니다.
인연이라는 단어 하나가 서로를 만나게 합니다.
나보다 그대를 먼저 생각하기에 서로를 헤어지게
합니다.
그러나 이토록 잊을 수 없는 우리는 누구입니까?
우리는 무엇이어야 합니까?

이제 상한 마음을 안고 당신께 돌아옴은
아, 내 몸은 바람에 눕듯 쓰러져도
그대는 쓰러질 수 없다는 이유 때문입니다.

- 문 MOON

사랑은 조용히 오는 것

사랑은 아무도 모르게 오는 것
외로운 여름과
거짓 꽃이 시들고도
기나긴 세월이 흐를 때
밤하늘의 조용한 별처럼
송이송이 내려앉은 눈과도 같이
오는 것.

- 디킨슨(미국 여류시인)

A Letter to Myself
7부 우리 둘이 헤어지던 그때

_____

_____

_____

_____

_____

_____

나에게 쓰는 편지 0시의 밤 편지 / 나에게 쓰는 편지 오

후, 긴 편지 / 나에게 쓰는 편지 나 먼저 하늘로 가면 / 나

에게 쓰는 편지 지금은 저 멀리 있다 / 나에게 쓰는 편지

우리 둘이 헤어지던 그때 _____

_____

0시의 밤 편지

나의 나무에서 또 하나의
잎이 떨어진다.
나의 꽃에서
또 하나가 시든다.

보라, 나의 눈은 아직도
고독에 차 있다.
나는 다시 울고
다시 웃어도 좋은가.
너의 운명에
나를 맡겨도 좋은가.

그러나 그 사랑을 누가 알랴.
다시 시작하는 사랑도 있다.

오후, 긴 편지

샘가,
인적없는 외진 곳에
칭찬하는 이 아무도 없고
사랑하는 사람이 없던 임

이끼긴 바위의 품에 반쯤 가리어
다소곳이 피어있는 한 송이 꽃
하늘로 홀로 반짝이는
샛별처럼 아름답던 그대에게
긴 편지를 쓰노니.

-워즈워드

나 먼저 하늘로 가면

내가 먼저 하늘로 가면
나를 위해 슬프게 울지 말아요.
그리고 내 머리맡에 장미도 놓지 말고

사철 푸른 소나무도 심지 마세요.
나를 덮은 푸른 풀이나
소낙비와 이슬방울에 젖게 해주세요.

또 잊고 싶으면 잊어주셔요.
나는 끝까지 듣지 못할 거예요.

-브라우닝 (영국의 여류시인)

지금은 저 멀리 있다

아, 그리움을 아는 사람이라면
나의 괴로움을 알아주리라.
혼자서, 모든 쾌락에서 떨어져 바라볼 뿐
저녁 저 노을 서쪽
안타깝다. 나를 사랑하던 사람

지금은 저 멀리 있다.

우리 둘이 헤어지던 그때

말없이 마주 보며
가슴에 쌓인 미련 버리며
이제 헤어지자며 말하던 그때

그대의 모습 너무나 차가웠고
그대와의 키스 더욱 차더니
참으로 그때가 오늘의
이 헤어짐을 예언했었다.

그러나 그 사랑을 누가 알랴.
다시 시작하는 사랑도 있다.

저자 성경순은

　서울 흑석동에서 나서 충북 음성에서 유년시절을 보내고 서울 방배동 여의도동 봉천동에서 3개의 슈퍼마켓 주식회사를 경영한 여성 기업인. 정서적으로 꽃꽂이, 여성운동으로 여성의 전화, 한국여성 단체연합회 이사, 서울대 총동창회 이사 등으로 활동.

사단법인 여성의 전화 상담원
사단법인 한국꽃꽂이협회 이사장
서울대학교 행정대학원 29기 회장

수상 : 고려대학교 총장상(1990년),
　　　서울시장상(2001년)
　　　미8군 사령관 감사장 2회(강의, 꽃꽂이로 봉사)
　　　이달의 작가상(2025년 CNPNEWS)
저서 : 『꽃』(1994년 풀잎출판사)
　　　『나의 감동 스토리』(2025년 문화앤피플)
　　　기타 잡지《베틀》창간

나에게 쓰는 편지

초판인쇄 2026년 3월 11일
초판발행 2026년 3월 11일

지은이 성경순
펴낸이 이해경
펴낸곳 (주)문화앤피플뉴스 Story Archive
등록번호 제2024-000036호
주소 서울 중구 충무로2길 16, 4층 403호 (충무로4가, 동영빌딩)
대표전화 02)3295-3335
팩스 02)3295-3336
이메일 cnpnews@naver.com
홈페이지 www.cnpnews.co.kr

정가 12,000원
ISBN 979-11-94950-24-0(03810)